學院式的無聊日常
蔡孟利／著

目錄

學院式的無聊日常

推薦序

叫宅男太沉重

蔡玫芳
板橋高中國文教師

與孟利老師結緣於網路部落格，彼時老師時常分享散文與已逝歌手張雨生的歌曲，言詞爽健，文字浪漫，反思深刻。使我私下臆測孟利老師的工作，應涉及文學，甚而是藝術相關。後來才知道，原來老師，竟是徹頭徹尾的「科學人」。

孟利老師專職是生物學研究實驗，並跨足機器人競賽領域，可以說「理工」得很徹底！然而老師又是年年有文學作品的產出，從《死了一個研究生以後》到《宅男之思》，優游於小說與新詩的領域。文人與理工人之間，於人為有限，於他卻是可以隨腳出入，無入而不自得。

有幸受邀為老師的新詩集寫序，閱讀之後卻只想說：叫宅男太沉重！詩集中，浪漫有之，古典有之，咳珠唾玉，實為美文。然而其中，卻又機鋒處處，尤其是連結職場所思所感之作，從開會到上繳計畫結案，枯燥繁瑣的工作日常，在他的健筆之下，用詩意構築了一道令人會心一笑的幽默圍城，牆裡牆外，點滴在心。

文學是一個人的心靈世界，迴環反覆，探索迷惘的過程。而詩更是通往文學的一道微光探照的秘徑。邀請大家一起進入孟利老師的宅男之思，沉重也不沉重，都有著種種的可愛。

推薦序

您好，歡迎！

林泱辰

如果你問我什麼是緣分，那可能要從二〇〇一年說起，那年我第一次當大學生，恰巧蔡教授第一次當大學導師

詩名，是一把音樂盒發條鑰匙。

將名為會議、產學活動說明會、評鑑報告書……等鑰匙，插入音樂盒後，努力扭轉著發條，流洩出的不是乾涸又整齊劃一的句子，比較像是金色陽光亮了希臘式的白與藍，風撞進掛在羅馬桿的紗簾，捲起一層層波浪，有溫度、有色彩；至於音樂盒裡是什麼樣的聲音？就問問自己吧！也或許不必那麼拘謹，就隨意走走看看，在充滿咖啡香的早晨，在忙得暈頭轉向需要糖分來拯救世界的下午，在被威士忌包圍的冰塊和雨聲交織的夜晚，來幾首詩吧！那首詩可能像是與你擦肩而過女生的味道，也許沉甸甸如同老闆扭曲的臉，肆意將想像延伸，累了就在某個句號旁邊歇

息，或許碰巧可以遇見蔡教授跟你閒聊幾句，幾句撩撥心弦的優美句子。

「詩人將文字排列組成詩句，
新詩是這個男人表達浪漫的方式，
寄託於紅塵俗世中的浪漫。
一切皆是妄臆，
不！
一切皆是你所訴說。」

我喜歡在夜深時候讀詩，
安安靜靜的，
很快可以進入作者精心安排的句子中；
詩，不像小說，
將場景、動作甚至內心的想法交代的清清楚楚，

讀詩，像是藉由一行行文字勾勒出與作者不言可喻的默契，
在寥寥數語間悄悄地進入那個世界，
實驗室宅男的世界！

推薦序

學院式的標準作業程序

鄧年成
蔡老師的第一屆學院式無聊學生，
現在則是社畜式的無聊社會人士

理科人的詩句，像是一長串的化學式，那些生澀的化學物質，一旦有足夠的催化劑，就能展現連串的連鎖反應。

理科人的詩句，像是一長串的程式碼，那些單調的〇一〇一，一旦鍵入對應的程式碼，就能變成情緒的驅動程式。

而老師的化學式，先將日常瑣碎的文字拆解，重新用一個看似熟悉卻又陌生的方式組成；像是我們將幾個原子重新排列組合，然後在反覆咀嚼之後，又會暗暗的驚覺到巧妙；而或許這時候可能還在一知半解的狀況，但只要鍵入每一個詩題或詩眼，就會像化學式中的催化劑，把具體的情緒給展現出來，然後反覆思考這其中的奧妙。

在學院式的無聊日常底下，亦如任何制式化工作之中所遺漏的情緒，只是老師將這些東西一一拾起，然後用對待化學式一般的重新排列組合，串成一段段的「不無聊日常」；反襯所謂的無聊日常，其實很多都是我們想說，但說不出口的事物，只是礙於現實，我們吞回去的那些情感。因此在看似平淡無奇的無聊日常下，就鋪陳了許多風起雲湧，除了鋒利的批判之外，也有許多日常細節所流露出的情感；同時也和多數人的日常生活一般，可能因為某個平凡不過的轉場，而觸發了回憶的影像，然後在邏輯間之間，探索平行宇宙的世界。

學院式的無聊日常，也許只是閒雜之後的幾行文字，但那可是在實驗室裡滴釀出來的文字精華。

學院式的無聊日常，或許只是空檔之中的情緒整理，但同時也是制式流程下綻放開的情緒花朵。

一如第一篇的命題和內容，僅僅是「拿起筆，畫上箭頭在兩個洋文之間，註解今天的殺戮，遺忘血的顏色」。

說起實驗這件事

不過如此而已。
生命的展現是單字串鏈的完美
成就一個馴服
之所謂
科學
好貌似輕鬆地脫下手套
拿起筆
畫上箭頭在兩個洋文之間
註解今天的殺戮
遺忘血的顏色

連假的第一天

當天，昏睡了些城府
不是第一次爭辯，第一次已經匿蹤
默契是距離的單位
微了一個略為露齒的笑
今晨讀完一本都是情詩的集子
說：感情提供了思考生命意義的問題
現在是已經過去的已經
落地窗外有港、有明月、有波粼
十二點就喝完溫暖的菊花茶
站了一地宇宙
都窺了，那樣地靜默

連假的第二天

想學的靜默像蛙鳴投影些聒噪
有嗎？窗
喔，莊周在飛翔、鵠立是蝴蝶
姿態了角落的黑
下弦月了盛夏的醺
只想談談，很絮語地
昨日是一記吻在酡紅的唇
如果記得
今天仍是一隻貓的逃逸
是吧？所以說
沒能揮霍的天氣，沒能

頹廢嫁了枝，梗些思底的瓣
冒出一朵心裡
細看了，那花裝扮得含蓄
也微了個略為露齒的笑
來得巧，有雲素素地黑白
宿命的味道
天出奇的，奇的
忘了滑手機地洌
站在那邊等著雨，風走得逕自
一滴寒露落在今早的空號
再耳語吧
知秋，傳了太早的訊息
一記乾涸的吻，猜

連假的第三天

遊走浮生的水有點海，味道鹹，在空中
沙子過了岸頭的線，停了一地平，談了些深邃
鏡頭只是收納，顏色編了碼，說婀娜的豪氣，皎潔是黑白的未央
如果氣象儘早地緩慢，不暖不陽就灑點光
指使風的嘻笑縱放岩地的和煦，跌些到縫裡成濤
此時的捕捉便是無需快門的剎那

反正明天收假

我明天可能沒空耶，很抱歉

因為得跳脫這煎熬的綺想，所以儘量避免是第一人稱
加上想不出個解釋的頭緒，只好隨手回了張笑臉貼圖
雖說燦爛的神情如在雨季裡遇到個大旱那樣地荒謬
但衝突便可以少了鮮明的標誌說：啊！
從今天開始這一切都找不到座標原點據以分析那些失序的原由
管它不搭調的像把配樂從流水般的行板急切到猶豫的頓音
又有什麼關係呢？那雲
送出了一副帶著愧疚但又重獲自由的靦腆笑容
算同意

靜食，京都

茶了些瑣碎，酒說得輕描，箸著點猶豫；時間，夾或不夾地越過
櫺格月溫，在牆外的黑簷垂綠，蔭扇窗的清涼，映襯繽落的燭光
暖潤，不太有瑕疵的那種。
碗盤沒有剛好正下，影子略斜地落款，或許左了些；溫泉蛋之前
見得不少，就此刻最為圓渾島立；而和牛的霜降退位，蔥綠簇擁
白裡橘紅，成漿岩的清涼流蹤。
就這樣，疲憊擱淺於一桌食物的寧靜，異鄉的，有個烏托邦。

買束玫瑰嗎？

綠映透黑微光，拱葉的渴望，酡紅演示了驍
剔透滴不下的瀃瀃，曝曬甘酒香地飄，就禮成了不回頭的傲嬌
需不需要帶回？
輝映的是記憶嗎？櫥窗內，過去曾經錯過的那種
很多年以前，像是缺了一束可以表白的往事
或是，想些與誰共鳴之類而不怎麼思索地挑些，買了就自然情至
的謬思？
With the flower？
往前，路好像有個什麼盡頭似地一池春水就皺在那邊擺著
二十歲

宵夜，佐一盤炸竹莢魚的有肉盤飧

凌晨不是重點，僕僕多少風塵也不值得說，僅纏綣些委屈地窩
似曾，雪見烏冬於初夏的融，勉強越過東海地望；說，黑潮退
了，乾涸成寂寞
夜盛了歲月的油花，如葉尋脈地恣意；旁邊的嫩紅早熟些，適合
沾點鹽的風乾
若山葵引出滴淚的祭，就說是悼念昨夜別了根華髮，酹了，今夜
的累

皆是蘭（這手機的畫質我可以）

喝了那無，空氣中的醉；人間世沒什麼灑脫，就一杯
渙了盔纓綴黃、涔了冑甲晶瑩，剔透藍靛、紫化橘艷，拱了綠、
醒了青，若展葉透了楓紅，窺伺的窗外就多了點清涼，如早秋的
隨性，不容易細想
自然值得怎樣的安排？心不成心地低喚著：來年吧！
鳳的嬌羞向著光如是說，有鵲橋似地

開完會，台61下的港剛好黃昏

掘了海，柱了地，撐了個開展，蒸蒸地醃矇了穹
說蒼，得多繞些倒影，落了水才罟得了霾的夕陽，駕霧覾橋的界
隨波不一定那麼地必須，嚻盪些濤聲就夠笑嗆：潮落了汐還起得
來嗎？之類的，其實
這世間。如果海現不了面目，生命就有了不生根的理由

下午茶，關機

如果杯盤出俗世陣仗，時間就擱在桌上茶著
讓庸碌有個暫停的理由，這某年某月某天的午後
從思想起就哆嗦地懷疑，僅管
是否我已經是個脫離肉體的遊魂呢？僅管
是這樣子的：明天停也不停地在烏龍的液面漂浮
打轉。僅管。

坐落的江湖中無月、無劍、無四望
面對的，是咖啡吧！有煙裊裊，舉杯邀

聽不清楚！我待會兒就到…

有些思考的梗，打字速度慢了，關鍵字就飄遠
還好某個天經過鋪滿一地字的路
顛簸地如同在庭院中囫圇的踱起了正步
想是沾到些細明體，想是
如果撿了貼了就這樣給了仙女，如果
其實沒什麼好羞赧的，其實
一地字也都只有一個字，不管哪天沾到，都是顧起左右來的
關鍵字：「 」
我在路上想起，不怎麼清醒的

客棧，無 Wi-Fi

工作，是一襲，夜的窗景
人在江湖待的地方，投了床在虛空的影
一抹雲綴了個月，拱滿眼清晰地黑
街上的繁星不需閃耀，有光，那麼地彷彿
諸如明天九點開會那樣地，彷彿
霓虹，說是亮晶晶

訊號只剩一格

那峰遠不遠地融些雪的反射若侵蝕整片丘
草原上的碧於茵便成了躡足的工筆
影子向著天高，很涼爽地
自拍
就畫面佈局來說稱得上豐富，綠的對焦也剛好
還讓陽光右下斜了四十五度角地將寶藍襯得立體
一株一串獨立一個眺望，只留些粉紅在牆邊分不出朵的矜持著
這樣的宇宙淡得很高，雲白得模糊，山遠得像棵樹一樣
於是，俱足了，可以專心在休假這件事情了，總算記得了身在異
國

嗯，這個防手震

看看能不能寫出個 code，配得上「洶湧於每顆細瑣地飛濺在千分之一秒的脫離又復返成黑水上的跫響」
結果，都靜止如山了
有白雪，急凍似地靄，冰結拍打的瞬間，凝固了忽視，擦身了光陰，海成了一個鄉。剛剛
我，寂寞的路人甲，擺了擺寂寞的頭，說：

會議結束後

一城市的雨模仿一城市的霧
濛濛的又不怎麼陰
下午有可能是天氣晴
水滴落了地都留不下集點的痕跡
路上還看得到石頭停歇的註記
風仍然走著一片也捲不起的無力
自由是我沒得舒緩的焦慮
如果這該是個問題
可能是獨行，Maybe
反正兌換的贈品是乾涸的心情
算了，索性

我們很認真地在海邊看了龜山島開了會

熟悉是煩惱的味道，下午的熱很純真，陽光灑了條金黃鎖戀，錮
了風塵中的曾經

不是什麼理想，只談點想像；落地窗外的顏色現著收斂神情，半
面的雨將至，那霧氣在海面上是這麼說的

還是悟得出那島嶼的形狀，移動的粼洵依然貌似靜默的廣闊；大
部的美不需要細節烘托，如果與仲景對飲，當如是觀。

從旅店的窗自拍了我面對的紅塵與我的影

示範的是一種放空
囚了紅塵的鏡像如何四顧
好忽略該說什麼的刻意
難為的只有
捕捉後都不是原來的樣子
流浪了些凡俗
總磨去點初始

我居然看了場政見發表會，天啊！

匆匆，是演藝
製造屬於瞬間的表象
說不出話的種種
歸咎於時間快速撕裂正要張嘴的熟悉
不算藉口
僅是夾帶疏懶的機鋒
重聚
一種努力中所四散了的
？

評審會議

陽光揭示的是一個
今天
的概念在玻璃帷幕外
炫目
的是一杯咖啡的映象
不飲
的抗議一座都是雜沓
兵馬
倥傯得很

凡事都有個期限
截止前就開始迎接新的
落款總以一碼價錢
啤酒滿溢後那樣輕易的泡沫

啊！過期了

天地不寂
寞然也沒用
呼呼掙些
海往山去的風有雨
有濛地霧淡了滿岸雜訊
凸顯今早已讀
關於一株草的搖曳
如是
倒光記憶
都是寫了痕跡的空
似霓裳走過三月熬成的熱

沒杜鵑的只留瓣
青春就跨越過
那年的跨越過
也罷
北冥的魚已經游去
剛好逍遙

如果工作都這麼的下午茶就好了

杯緣還留些絮語
果子的心都深藏
蛋塔繼續櫥窗內的蒲團
偕時間坐成靜物
午後的光如果也算歲月
走了一抹
就是有個果陀在的等待

剛剛放空了之後

沒能留在臉上的那類與欲望相違背的淡定
硬是著相在窗台外搆不到的天空看得到的那面
與仰望的角度搭不上個所以然
就猜是來世的隱喻蹲著沉默的姿勢假裝不了地假裝遞出一朵什麼
都沒說的花
像是一個吻甦醒一位公主拯救一隻青蛙之後便沒了價值
反正這世界以愛情為名的都有很複雜的隱喻
情人是兩個枕頭置成靜物般地對峙，說破了以後，概念上如此

OK，下一位

人生是列好陣勢的平庸
花瓣是用來計算的祝福
揣測是口袋設計的本意
掉了都屬於原本的運氣
發言出口了便失去先機
每次關鍵字都是落幕後才想起
反正多年就這麼地過去
無所謂，好。

沒關係、沒關係…

好久不見，好久
夜都降臨了
想說，等到有空的那天，想說
啊，這樣子啊！
好，那
改天再說囉，改天

椅子看來盛裝，桌子應該擱過茶吧？
應該

剛剛會議的結論是什麼啊？

很努力的回想但是說不上
那些什麼的那樣地說不上
過境了機場卻忘掉目的地說不上
春嬌與志明所爭論的過去地說不上
候鳥把注定的南北飛成東西地說不上
說不上，有沒有個看得懂的已經
說不上，記憶濃縮成一張座椅
說不上，閃爍的都喚作星星
就，說不上
都是一閃一閃地，說不
上

真不巧，那就下次再一起吃飯囉！

就這樣閃身的剛好
錯過不怎麼即興的雨
給花瓣回眸了一整髮的陽光
以至於忘了什麼都沒偷到
連說點閒的那種都沒有
只筆記了
有天
日子算曾經
背起了朵，雲演著行囊
湊成來年的樣子
按下忘了相遇的快門

反正，這川給妳
說起那山就比較自然
倒影也記得清澈

今天就先回去，再看看好了

幾封信能解決的算簡單了
不是什麼麻煩事兒
敲了電腦就記得
曾經
窗外比較棘手
不知是雲是田是海的山的那些
如果沒掏出個票根
都差不多，風景不好說
略去一個來年
時間仍情了那天的長
緩了些匆匆

說青春，不值得快
忙嗎
好像是

起降有些問題，請旅客耐心等候

失望是隻上升的蟲
裊裊的，像課本寫的炊煙似地
說是因為雨而困擾的繚繞，不是嗎？
疑問句喔！
如果剛剛搭著飛機走了，所以？
或許留下來
用著擦了點指甲油的食指敲著額頭
上下眼瞼在專注中瞇成對稱的縫
盤點著空中巴士在迷濛中起降的次數
數不清了

坐著的窗前已經很朦朧
現實很通常，都這樣

喔，那應該是群女大學生吧？我猜

觸動了些，該怎麼說呢？
那時候幾乎沒什麼特別地注意
或許只是剛開始的一瞥
不經意回過頭來又偶爾看過幾次
那不濃，又或許是
若說不上的話便自然到不尋常
像清晨不需要特別宣告太陽卻又喊出來的那樣
刻意地訴說這美安靜的有點
不算過於含蓄，只是躲到很深的森林
重逢了自己的影子般地蹙眉
啊！那她們呢？

如果沒有繼續想下去也沒關係
日子綁個馬尾好了
那樣的深

搭訕

寫了些台階的舞步
進一步就退一步的那種
沒有特別地，清新
即便空氣，或是
流動了些算是氛圍的
意象，得用到「意象」這樣的艱澀，如果
希望只是耳朵上的耳環晃晃
生人將藏著雨夜的傘甩了甩水就擱著
問說：可以在妳右邊坐下嗎？的這麼地
然後，世界就定格了
或，脫落了。都好

簽書會

風吹得木本有些結痂
雲看起來快要脫落似地
不包括海的，那不算是
沙灘的心情只是不好，而已
聳聳肩地這麼說的話，就隨便
他們談了不是很多
大部分都離席了，中途吧
說是昨天的收支不平均，要籌的錢都在旅途上
算算時間如果搭的是高鐵的話應該要動身了
風不這麼認為，連草本都結痂了
臨時決定靠在欄杆上一會兒

等著太陽的影子靠過來
但沒了另一顆恆星照著它
想說有頭披肩的長髮或許自在些
撥一撥，總有點事做，在回到世界之前

斑馬線，三十秒

這天氣沒什麼道理
有個樣子，晴天的，就樣子
陽光露臉在平行的斜
規則的，一行一行地
不怎麼平靜的風也拉得出條直線
恰好可以仔細端詳現在看起來都是明媚中有一點點羞
有那麼個樣子的晴天
就樣子
或說
重新梳了頭髮
但還是昨天垂肩的靜靜

看得出洗過臉，重新化了妝
比平常淡些，只補了些粉底的隨便

就，碰到了個多年前一起停等過紅燈的人
我記得她她也記得我的
真沒什麼道理這天氣
有個樣子，晴天的
舊樣子

第三天的偶遇

有些時機不算時機
很仔細地都不會算到
待會兒有陣無論怎樣怔怔地望都不會停留的風捲過
晴天停在斑馬線外開始小雨地灑，光線用點點的速度散去
如果就這樣得了些時機在不算時機的
很仔細地算都不會算到的碰巧
或許就順便在中午一起吃個飯，或許
聊得還算愉快的話便偷些時間將沒說完的真誠打包
或許，學隻貓走得有風般的靜默
標誌我們的見面總是很有禮貌的擦身就過
在這些不算時機的時機

不是什麼事情都能說得清楚

整天，是個完整的單位喔，整天
努力打開心扉讓那個世界變成這世界
光陰決定立地不成佛的對著年紀說再見
希望有天有人會在看不見的當下堅定地就遇上
我們之間沒有了我們之間哪個是比較孤獨的塑像
指著南方扛起窗台的顏色命令天空指北般的亮
迫使鴿子想念起沒吃完的穀粒散成西風的四季
瑣事都是羅馬般的曾經此去米蘭有東京樣的距離
沒什麼好風、花、雪、月的都是頓號地曾經
整天，是個完整的單位喔，整天

那年，其實也不算是真得有去追啦…

夜暗的不徹底，亮了愛麗絲的窗
敲敲門在應答前溜走，抗議時間的光
說人生是夢中老了的少年，在鬢角的拓樸綻放
具體了沒立場的風，捲過來就賺點彼時的香
如果當時撇過去點點頭表明吹拂真的有
揚起衣角飄啊飄地不罷休
我們的重逢就有了。喔，很熟嗎？

來不及備妥地便稱一轉眼都停留在中年
沒什麼影子的總之就總之

這是茶、那是花
寧靜示現嘶吼，沉澱是姿態的美學。如此

如果曖昧就這樣傳出的話

見了光，說，攝入的形不是它的
只能算影射吧，諸如誰扭曲了誰，這世界
漸層的空沒有瑕疵，該上色的都倉皇
遂堅定地決定以一襲度了的暮衣
牒示明天的清晨如擬，給地界掛單些信心
天界的。

仙女說：「可以這樣子寧靜喔」
接著，就接著，等仙女說

這誰排的座位啊！

在噪音中的溫柔很難以仰望的姿態排遣
只得藉著左耳跟右眼的交談探索些不至於的
若還是在夢中就不至於驚醒她地靠近她的千百種
演練一般來說不會發生的各式
啊！原來就這樣錯過的細節
那是對青春的印痕怕了些
人生洞澈些歷練後又精準過了頭
揀選到盤子內再索性倒掉不知道將來的後悔
我的噪音告訴我今天的溫柔結了個結
想想還是以仰望的姿態排遣，吧！好說

同學會

執著沒有罣礙的心談情
內在的戲碼演得正喧囂
豪氣堵在杯底熟成了掙扎
乾了就溢出幾滴酹地涓了兩行秋
囚是囚了個樣子，艷陽喚成繾綣的冬
即便澄出個娟秀的黃道日
通常沒有幾度的自由可說

我與妳的右邊
隔著那麼點禮貌的左邊
距離是怎樣都跟不上的痕

裂著我的天涯與比鄰
就說，此刻的相聚
只是剛好猜一猜的宿命

就下次再約吧

不容易撈起一盞燈的影子
風躲掉的過往有些糟糕
說起那光總愛瑣碎些日常
諸如，顏色趁著夜黑溜到玻璃做成的
是窗嗎？我記得，在幾個小時之前
黃昏還有點依垂地展示了慵懶
折射沒這麼抖擻的像現在
羅列起擁擠的眾生喧嘩，即便
如果留得住什麼容貌細節的話
也都是灰姑娘的十二點

七彩隱沒的日常
沒什麼好匹配在手機或 Line 上的

啊，那年，就說是⋯⋯你知道的

靜默中的禪不適合歡呼
就彈些低調，今夕
擁攬全部的質疑
怯生生地坐成紅豔
說是玫瑰也行
花瓶在旁邊擱著，昨日的
經歷都算世事
路過就貼個標籤
不需在意遺忘的過往
今天不過是誓言結束，重複地

如果步出人間的月色懂得
來年就是掉落眼淚的滴
漣漪了沙痕，說是歲月
稱不上素顏就得相見
這樣吧
就說你的影子我都有
路過

第一車的貴賓，再五分鐘就集合了

秋天不常為她的紅解套
不上心地溺在昨日的擔綱
約莫，如果幻想重重
時間拘謹到有點纖弱的緊繃
理想刻劃在葉緣離色的
世事，需要擺個被洞察的姿態嗎？
或者張揚那團躺著的陽光，或者
等待成一道楓，日常就無所謂凋零
初見，算刹那嗎？
就當，飄落之前，在天涯擱著

哈哈，沒有啦，那時候，就

昭然，應該是這個詞沒錯
只是要安個什麼心好揭開
是啊！記得那年，算見面嗎？
見面是奢侈的素顏
等值於世界暫停後的安靜
令時間凝固，秒針繼續走著
滴答當作敲擊遺忘
主旨是沒什麼火花的回憶
風好像說了些影子那類的敷衍著
垂下幾縷不經心在額頭飄啊飄地動了魄

魂了好些痕跡，花了很長的時間才確認
堅持是個禪的姿態，好歹

產學合作說明會

陽光被迫徘徊，使得
沒有特別熟的也都趕忙去參與爭執
話說，是這樣的
對於每個邀請都沒有加以拒絕
即便翻了一頁就錯過忘掉的句子，諸如
杯子碰到碟子發出意料外的聲響，或是
不相干的人背負著不相干的想法，都算
是這樣的，話說
共鳴，是單純造字後嘗試性的組合
遇見一片雲霞的姿焰，靜默就推給倒影

當時只是錯過當時的坦白
世界，只是沒有特別改變的瞬間

喔，原來！不早講

當時的天空在田野鵠立
這影像見過，不常有
止住任何想要浮上心頭的文字與畫面
保持全然地放空但又掌握所有四周
欲靜不靜地瀟灑是個固體的涵養
當下走過懸著涯的心動也不動
如果路人甲索取象徵的理由
那是個盤古的動作，就說
午後了麻痺中的甦醒，或許
那天的人生就這麼隨手翻了
或湮滅或隱沒了可以停佇的回顧點

一頁掉到渠道流成螢幕的書
是說，沒那麼容易就成了過客
總得有件披風什麼的，夜很長

評鑑報告書

喬裝個遁入的動作，以托缽
討些初心浸潤一盤水不水的
輪番倒了空空拱劍山現當日嬌艷
如花之於四周有草的如是亦如是
臨摹春分刻意又不刻意地選擇夏至
三兩顏色就無從單純起時間的點化
好接著相視後若般若般的般若。
靜物，是說

下星期就考這個

它是的，基本結構，形式上
懂吧，如果不那麼熟悉
月夜抵住了一片海，就那個當下最重要，說是禪
出現了單一字詞就把它蘊釀成完整句子
求個幾近為零的戲劇性巧遇
信仰般地逼自己臣服於那些說不出個所以然來的為什麼
這般的，是禪，結構是海，抵住了一片月夜
大體上如此。生物學上，是這般理解的

財產盤點

瞄著瞄著，沒有想說是否該把視線拉回來
時間顯然仔細地化過妝
衣服也是極為貼身的俐落
如果不把事情搞得太複雜
遇了就禮貌性交換個相識的微笑，似曾般地
回望相反的方向躲避知道些什麼
不去想說是否見過或是本來認識的
只要刻意想一想就會一塊一塊撿拾回來地，明明已經
；
看了看時間，輕輕點了點頭，應該都搬走了

長官英明

一天的結束跟一週的結束
儀式上有些不同，揖讓起來
莫名在以什麼就什麼的
邏輯對立，大概
舌燦絢爛成一隻撐到尾牙的蟬
追蹤了陽光就看得到雨落，嗎？
天吧，複雜的事實都值得兩個層面
反正道理都是這麼說的
依樣就好

其實我真心覺得可以合作看看，但是

一隻年藏在一個袖珍的縫中略為昂首
忘了說聲再見以忘了再見的神情那樣地
左手托住臉頰右手撐住桌面往前傾了一下
用仰望著特價品的姿態切換個嫵媚的笑容假裝思考
沒能夠理出個真正的頭緒就又回到蜷曲姿態的正常
不會再多想什麼吧？在若有之間錯過了似無
人在世間輪迴，坐或臥都行
承諾的話需要點顏色，總之
時間素淨的添了點妝
說是紅顏那些的
來不及，也沒必要來得及

沒遇到

這天氣，張揚個太極步伐
往右推出了欲擒的宣告
立足處有日光頷首
適合嗎？告白
姿態剎不剎那
不是個問題
話說紫色是
回不去含苞的印記，反正
蹬在枝枒上冷暖
笑個自然未知，不見
不拱紅粉，不散了

回過頭是花艷的本事
繁華無需經過蓓蕾
就活在的，都不算當下
恍若的隔世，很快

那個拿相機的女生很帥

中與不中皆如此，跟古不古裝、武器的品名番號無關。是漸漸亮起的天光或是慢慢暗沉的暮色，亦或，僅是躲在一朵雲之後的日頭正炎，都無關。

正規的狙擊就這樣，瞄準的空間善於變動，蟄伏在光陰的列隊，如流水；潮汐掩了些散兵坑，藻綠多了點晚春，滄海鋪桑田的景。

大概就這樣，如果要寫什麼是「傾城的專注」，就這樣。

那些叫「討論」的東西

自由是穿越小巷的侷限
與害羞不怎麼堅持的相遇，不違和地
說些如果是不是就那樣，轟隆隆
看不到彼未來偉大的光，每天
啊，是齁，案子結一結吧
結論昨天已經修改好了
就拍案，橋頭是一葉舟
一個便當一個港口，不需要更多的直

跨年

無視庸俗地躡足
風華肆意青春的窺視
分以秒計的歲月
遲了時針在門前踱步
冷霜雲白了書簡
影掠了往復
擁有昨天的心願
遺忘在將來的某日，總得
算是友善的開始嗎？
仔細往人群中望著
就這個姿勢祈禱

來年，若是一朵花
啊！

記第二十四屆 TDK 競賽後的金門行

雲停留在說，簇擁是種渠道，海了浪的穀
風是置放的懸疑，晴不晴又眨起眼的雨
名字忘了飄在著陸的滑行，往後拋棄記憶似地雪
島嶼是錨住時間的立定，有人、有來、有去
若，浮生。有即墨與莒。有寂寞，與踽
若此時的去國，遲遲地
時間已經是
日落在那邊等著，拱張椅子預備讓月亮坐下
寧靜以濤聲的停佇，光速地慢
踏在滄桑了

槓，排骨怎麼那麼大塊

很多，不得已的匆忙，很多，忙到四方的聲音都成駐波
只有，桌子與椅子不需要忙，便當剛開始有一點點忙
不吃，看起來還是忙地墊著一張惦惦的紙
直到，沾到一粒飯上的液滴後就什麼也不想忙
於是，一抹光走過渲染的油漬，洞悉背面也沒寫之裝盲了地忙
往上看單槍打得灰塵竄逃的奔忙，往下有跑不出去的雙腳抖的很忙
結論：不需要忙，沒得忙，沒人想忙。以上。好，忙。

所以，三十年就這樣過去了。喔

最大的問題是沒有多餘的念頭可以驗證那些名為經過的經過
像是從什麼遙遠的地方忽然被召喚過來的體香輕易就踏平一切
只在袖口留個很淡很淡的醬漬註解些昨日的痕跡。算經過吧。
如果陌生的人重新梳了熟悉的頭髮
但還是很自然地流瀉垂肩，烏黑地夾根白絲
洗過臉，化了妝，薄些，或許只是補了粉底好維持一貫的陌生
時間就不說話，看著右邊窗外遙遠的地方，有無盡藏。不躲藏。
最近好嗎？

請概述執行本計畫之目的及可能產生對社會、經濟、學術發展等面向的預期影響性

時間正值深沈的夜，四周褪去白天的喧囂
書寫的遲緩不斷在相同的字距下拉長
再換行，只是步履每日重複的無聊
即便改個寫法，下筆不過是變換了地磚的人行道
走走一樣得跨過十字路口的觀望
偶而呼嘯的機車提醒著城市仍然匆匆
轉動中磨損的輪胎是不斷重複回想的初衷
膠皮薄了紋路淺了理想滾成的熱情散了
承載的希望依舊
坐在例行的夜，夜還長，長到，是以。

晚歸了，今夜

燈光烘托巷弄的黯，記憶是躡足的傷
夜的影有晝時的灰，加冕了無聲的愁
擦身是路人的相逢，轉角就滅的偶遇
若說再見可不可期，一隻貓佇成寧靜

感謝您這次的參與，不過因為經費有限，無法⋯

道歉是對過去的寒暄，沒什麼好說地說些天氣乍冷之類的保重

以茲，佐證現在的眼光來看那時候的想法只是將問題推往更無解

因此說抱歉，這時候沒有更多可以具體說出來名之為客套的東西

對話框僅僅適合靜肅地煩悶下去，說不出

的是典禮最後大家所專心盯著的計時器上之時間

煙火沒有燦爛，連簡單的砰一聲都沒有，在，數字秒顯示歸零的

時間。說不出

國家圖書館出版品預行編目（CIP）資料

學院式的無聊日常 / 蔡孟利著 . -- 初版 . -- 新北市 :
斑馬線出版社 , 2021.12
面 ;　公分

ISBN 978-986-06863-9-5（平裝）

863.51　　110018988

學院式的無聊日常

作　　者：蔡孟利
總 編 輯：施榮華
封面設計：吳箴言

發 行 人：張仰賢
社　　長：許　赫
出 版 者：斑馬線文庫有限公司
法律顧問：林仟雯律師

斑馬線文庫
通訊地址：234 新北市永和區民光街 20 巷 7 號 1 樓
連絡電話：0922542983

製版印刷：龍虎電腦排版股份有限公司
出版日期：2021 年 12 月
ISBN：978-986-06863-9-5
定　　價：280 元